꿀벌 나무

피글렛의 집

크리스토퍼 로빈의 집

푸의 집

래빗의 집

티거

곰돌이 푸, 단순한 행복

당신을
미소 짓게 할
일상의 순간들

캐서린 햅카 지음 ― 마이크 월 그림 ― 우혜림 옮김

RHK
알에이치코리아

옮긴이의 말

사람은 마음에 가득한 것을 입으로 말한다고 한다.
곰돌이 푸와 친구들의 말은 투명한 종소리처럼 우리
의 심금을 울린다. 아마도 가장 작은 것들을 소중히
여기는 마음에서 비롯되는 것이지 않을까?

수정같이 맑은 곰돌이 푸와 친구들의 마음이 가장 빛
날 수 있도록 세공자가 되어 단어 하나하나 세심하게
다듬어 봤다. 완벽하진 않지만, 그 모습마저 따스하
게 안아 주고 싶은 친구들. 번역 작업을 하면서 문득
입가에 미소를 짓고 있는 자신을 발견했다. '존재 자
체가 사랑스럽다'라는 말이 어울리는 것 같다.

곰돌이 푸와 친구들은 숲속의 풀 향기, 잔잔한 바람 소리, 빗방울 소리마저 음악처럼 들리게 하는 참으로 놀라운 친구들이다. 잠시 잊고 있던 소소하지만 결코 소소하지 않은 것들을 돌이켜 보는 시간, 어린 소녀의 나를 들여다보는 시간이었다.

시간이 지나도 곰돌이 푸와 친구들처럼 가장 순수하고 예쁜 마음을 지키면서 살아가고 싶다.

옮긴이 우혜림

"좋은 아침!
오늘 하루도 잘 부탁해!"

매일 아침은 선물이에요.

"하나! 둘! 하나! 둘!
오늘 아침은 뭐 먹을까?"

즐거운 상상만으로도
마음은 기분 좋은 춤을 춰요.

"오, 이런!
어디를 가야 맛있는 꿀을 마음껏 먹을 수 있을까?"

혼자 고민하는 대신

친구에게 도움을 요청하는 것은 어떨까요?

"크리스토퍼 로빈!
혹시 남는 꿀 있으면 조금 나눠 줄 수 있어?"

도움을 요청할 수 있다는 것은
연약해서가 아닌,
용기를 가진 단단한 마음이 있기 때문이에요.

"어? 내 행운의 돌멩이가 어디로 갔지?"

내게 소중한 것들이
꼭 값비쌀 필요는 없어요.

"괜찮아, 크리스토퍼 로빈!"

"같이 찾아 보자!"

도움의 순간을…

기다리지 않을래요.

온 마음 다해…

손잡아 줄게요.

"괜찮아, 푸. 찾을 수 있을 거야.
원래 예상하지 못할 때 나타나는 법이거든!"

상대방의 언어 속 의미를 귀 기울여 들어 보세요.

그 사람의 마음은 지금

어떤 이야기를 들려주고 있나요?

"나처럼 작고 연약한 존재가
어떻게 행운의 돌멩이를 찾지?"

스스로 생각하고 질문하는 것은 유용한 일이에요.
하지만 의심은 자신을 점점 작아지게 만들 뿐이죠.

"흠 생각, 생각, 생각을 해보자…"

생각의 크기와 가치를 따지는 것은 무의미해요.
생각하는 시간은 단 한 순간도
헛되지 않기 때문이죠.
그러니 가끔은 사색에 잠긴 자신의 모습을
온전히 허락해 주세요.

"벌들이 모여 있는 곳에는…"

변화하는 주변의 모습을
세심한 마음으로 살펴보세요.

"…꿀이 있지!"

그곳에 해답이 있을지도 몰라요.

"벌들의 도움 없이는 꿀이 생기지 않을 텐데."

숲속에서 보내는 하루 동안 나는 살아 있는 모든 것이
선물이고 기적임을 배워요.

"크리스토퍼 로빈을 돕기 위해서는
더 많은 벌들, 아니 친구들이 필요해!"

친구와 나, 우리는
서로의 가장 든든한 동반자예요.

"이 작고 귀여운 친구가
행운의 돌멩이를 찾아 줄지도 모르지!"

"당연히 도와야지, 푸!
청소는 이따가 하면 돼."

해야 할 일의 우선순위를 정해 놓으면
마음이 한결 가벼워져요.

"푸, 우리 꼭 무슨 보물찾기
하는 것 같지 않아?"

"그러게 말이야!"

우리는 매 순간 새로운 모험을 향해
헤엄쳐 나아가고 있어요.

"오, 이, 이런! 돌멩이들이 이렇게 많은데
행운의 돌멩이를 어느 세월에 찾지?"

"나도 모르겠어, 피글렛.
그래도 끝까지 잘 찾아 보자."

때로는 인생이 버겁게 느껴질지도 몰라요.
그럴 때일수록 지금 당장 할 수 있는
작은 일부터 시작하면서
조금씩 앞으로 나아가면 돼요.

"야호! 야호!
나 엄청나게 잘 뛰지?"

무언가에 푹 빠져 있을 때
우리는 가슴 벅찬 행복을 느껴요.

"티거야.
 너도 보물찾기 같이 할래?"

"좋고말고, 푸!
 찾는 건 내 전문 분야니까
 자신 있고말고!"

자신감도 전염이 돼요!

"그러니까… 크리스토퍼 로빈이
뭘 잃어버렸다는 거지?"

"이건가?"

"저건가?"

"아마도 이걸 거야!"

"마땅히 해야 할 일이 있다면 최선을 다하여라."
— 부처님

"흠, 티거, 미안한데
이 중에는 없는 것 같아."

"괜찮고말고, 피글렛!
찾는 내내 즐겁기만 했는걸, 뭐!
하하하!"

지금의 실패가 먼 훗날 성공으로 가는
디딤돌이 될 수 있어요.

"오, 이, 이런.
행운의 돌멩이가 생각보다
꼭꼭 숨어 있나 보다."

"우리 조금만 쉬었다가
다시 찾아 볼까?"

너무 버거울 때는 잠시 쉬어 가도 괜찮아요.
자신을 돌보고 난 후에
다시 시작해도 늦지 않아요.

"티거는 보물찾기 더 할래!
계속할래!"

"쉴 때도 있어야지, 티거."

"뭐, 모두가 다 그런 건 아니겠지만…"

가끔은 하던 일을 잠시 멈추고
주위를 둘러보세요.

"쉬다 보니까 너무 배고파졌어."

"푸! 나 좋은 생각이 있어!"

그 어떤 어려움도 우리의 꿈을
가로막을 수는 없어요.

"짜잔, 래빗! 우리가 왔어!"

친구의 깜짝 방문은
지친 하루에 활력소가 되어 줘요.

"화려한 등장을 보아하니 누군지 바로 알겠더라.
티거 네가 아주 펄쩍 뛰는 바람에
내 무들이 왕창 쏟아져 버렸지 뭐야!"

친구라는 존재는 참 놀라워요.
나의 마음을 꿰뚫어 보잖아요!

"우리가 떨어진 무들을 같이 찾아 줄게,
래빗!"

"그렇고말고, 래빗!
새로운 보물찾기다. 야호!"

실수해도 괜찮아요.
다만 그 실수에 책임이 따른다는 사실을
잊어서는 안 돼요!

"래빗. 보물찾기 얘기가 나와서 말인데,
너도 같이 할래?"

"푸. 나도 돕고 싶지만
할 일이 산더미라서…"

선택 또 선택⋯

인생은 선택의 연속이에요.

"우리가 도와줄게, 래빗!"

함께 나아갈 때 우리는 뭐든 할 수 있어요.

"출발!"

"어, 어떡하지? 비 온다!"

"잘됐네, 꼬마야.
티거는 비를 좋아한다고!"

어느 날 예고 없이 소나기가 내린대도
이 또한 감사하며 나아갈래요.

"티거야.
네 말대로 비 오니까 재밌다!"

"거봐, 푸!
뭐든 즐거운 게 최고라니까!"

물웅덩이에서 첨벙첨벙 놀기에
늦은 때란 결코 없어요!

"푸, 이 비가 언젠간 그치겠지?"

"그럼. 언젠간 그칠 거야,
 피글렛."

기쁜 순간도 슬픈 순간도,
결국 영원한 순간은 없어요.

"티거는 비를 좋아하지만,
이 정도로 많이 오는 건 곤란하다고!"

"어휴. 얼른 그쳤으면 좋겠다."

"당장 이 비를 피하고 싶다."

때로는 내 능력 밖의 일들이
생겨나기도 해요.

"조금 더…"

"좋은 곳으로."

"아늑한 곳으로."

"맛있는 곳으로."

"따듯한 곳으로."

어둠 속에서도 언제나 희망의 빛은 있어요.
이제 그만 마음의 등불을 켜주세요.

"세상에! 비에 흠뻑 젖은 것 좀 봐!
어서 들어와!"

친절을 베풀기 가장 좋을 때는
바로 지금이에요.

"고마워, 아울!
덕분에 우리 모두 소원을 이뤘어!"

"아울은 생명의 은인이고말고!
마시멜로 먹을 사람?"

"나 먹을래! 고마워, 티거!"

"따듯한 차 한 잔 마실래?"

작은 것들이 주는 행복은
친구들의 존재만큼이나 달콤해요.

"지붕 위에 뚝뚝 떨어지는
빗방울 소리만큼 포근한 느낌을 주는 게
또 있을까, 푸?"

"맞아, 피글렛.
그 소리를 친구들이랑 함께 듣는다면
더없이 아름다운 멜로디가 될 거야."

매일… 매 순간… 떨어지는 모든 방울방울…
모든 친구들이 소중해요.

"자, 이제 비가 그쳤으니
모두 나만 믿고 따라와!
내가 있어서 든든하지?"

모든 리더에게는 자신을 잘 따라와 줄
동행자들이 필요해요.

"그러니까… 네 말은 아주 작은 뭔가를 찾고 있다는 거지?
어? 저기 작은 거 하나 보인다. 보물찾기 끝!"

"저기, 아울… 루는 물건이 아니잖아."

정답을 아는 것도 중요하지만
질문의 의도를 잘 파악하는 것도 너무 중요해요.

"보물찾기요? 와 재밌겠다!"

"꼬마야,
이건 아주 중요한 임무란다."

"저도 알아요, 아울!
그래도 너무 재밌을 것 같아요!"

재미란 한 줌의 소금처럼,
좋은 걸 더 좋게 만들어 주는 마법 같은 재료예요.

"엄마. 저도 가면 안 돼요?
제발요!"

어른이 된다는 것은
여섯 번째 감각을 성장시키는 일이에요.
바로, 모험심.

"그래 아들~ 조심해서 다녀오렴!
모두 행운을 빌어요!"

누군가의 행운을 빌어 주는 것에는

아무런 대가도 필요하지 않아요.

"어? 저기 이요르 아니야?
가서 도와 달라고 하자!"

"나를 알아봐 줘서 고마워, 루.
대부분은 그냥 지나치거든."

친구를 만나면 반갑게 맞이해 주세요.
어떤 즐거운 추억들이 쌓일지 모르잖아요!

"아주 작고 특별한 뭔가를 찾는다고 했지?
생각해 보니까 나뭇가지들도
작고 어디로 튈지 모르잖아."

"오~ 좋은 지적이야, 이요르!
혹시 모르니까 우리 '나뭇가지로 던지기' 놀이 한번 하자!"

어린아이와 같은 마음으로
살아가는 '어른이'에게
나이는 정말 숫자에 불과해요!

"밤이 점점 깊어진다!
우리 어디에서 자?"

"너희만 괜찮다면 우리 집에서 자도 돼.
멋진 공간은 아니지만
비는 피할 수 있을 거야."

"베푸는 자가 더 많은 것을 얻는다."
— 영국 속담

"배려해 줘서 정말 고마워, 이요르."

"얼마든지, 푸.
조금 비좁긴 하지만
이렇게 아늑한 느낌은 처음이야."

같은 말도 예쁘게 할 수 있다면,
얼마든지!

"밤하늘을 바라보면서 잠이 드는 것도
꽤 낭만적일 것 같아."

열려 있는 마음은 어려운 상황도
긍정할 수 있는 힘을 줘요.

"저기 보름달 꽉 찬 것 좀 봐!"

"달은 왜 꽉 차 있는 건데, 아울?"

"허허, 재밌는 질문이야, 푸.
그건 말이지… 에헴!
내가 다시 공부해서 알려 줄게!"

세상에서 가장 박식한 사람도
모든 것을 다 알 수는 없어요.

"저기… 푸!
방금 무슨 소리 들리지 않았어?"

"나도 들었어.
자, 내 손을 잡으면 덜 무서울 거야, 피글렛."

함께한다는 것이 얼마나 크고 위대한 일인가요.
두려움도 초라하게 만들어 버리잖아요.

"배가 고파서 아무것도 못 할 것 같아.
우리 아침은 뭐 먹을까?"

"내가 먹으려고 아껴 두던 엉겅퀴가 있는데…
같이 먹을래?"

"마음은 정말 고마워, 이요르.
그런데 나한테 좋은 생각이 있어.
모두 따라와!"

좋아하는 사람들과 함께 나눌 때
기쁨은 배가 돼요.

"안녕, 어서 와!
모두 보물찾기 중이라고?
같이 아침 먹으면서 다 얘기해 줘!"

놀랄 준비가 됐나요?
아주 기분 좋은 소식이
우리 곁으로 다가오고 있어요.

"정말 엄청난 모험이다!
내 행운의 돌멩이를 찾기 위해 밤낮으로 도와주다니
너희 같은 친구를 둔
나야말로 진정한 행운아인걸!"

추억은 함께 나눌 때
더욱 아름답게 빛나는 법이죠.

"하지만 결국에는 못 찾았어."

"그건… 내가 행운의 돌멩이를
 잃어버리지 않았기 때문이야, 푸.
 사실은 말이야…
 오늘 아침에 내 주머니 속에서 찾았어."

친구들에게 솔직하기 어려운 상황 속에서도
용기를 내어 표현해 보세요.

"그냥 평범한 돌멩이 같아 보이는데
뭐가 그렇게 특별하다는 거야?"

"그게 말이야, 이요르!
내가 푸를 처음 만났을 때 찾은 돌멩이거든.
이 돌멩이를 보고 있으면 푸와 친구들을 만난 게
얼마나 행운인지 다시금 생각하게 돼."

사물이 지닌 기억에 따라
가장 단순한 것이 가장 값질 수 있어요.

"행운의 돌멩이 만세!
보물찾기도 만세!"

"내 실수로 괜히 고생했는데도
정말 괜찮아?"

어떤 상황에도 즐거움을 찾을 수 있어요!

"솔직히 우리가 뭘 하고 있는지,
어디로 가는지조차 알 수 없었고 힘든 일도 있었어.
하지만 중요한 건
우리가 이 모험을 함께했다는 거야!"

활짝 열린 마음으로
이 세상을 향해 나아가요.

"그래도 나 때문에 하루 종일 헤맸잖아!"

"친구를 돕기 위해
모두가 한마음으로 함께하는 것보다
더 보람찬 일이 있을까?"

삶의 작고 소소한 것들을 충분히 음미하세요.
먼 훗날 그것이 가장 큰 행복이었다는 것을
알게 될 거예요.

"이 바보, 곰돌이!"

THE END

글 캐서린 햅카Catherine Hapka

어린이부터 성인까지, 모든 연령의 독자들을 위한 책을
쓴다. 100권이 넘는 책을 출간했으며, 글을 쓰지 않을
때는 승마, 독서, 정원 가꾸기를 즐긴다. 말, 염소, 닭 그
리고 너무 많은 고양이와 함께 펜실베이니아주의 작은
농장에서 살고 있다.

그림 마이크 월Mike Wall

16세부터 일러스트레이터로 활동했다. 애니메이션 업
계에서 배경화, 콘셉트 아트를 맡았고, 그래픽 아트 작
업을 하기도 했다. 디즈니의 소속 일러스트레이터로 일
했으며, 최근에는 프리랜서 일러스트레이터로 활동하고
있다.

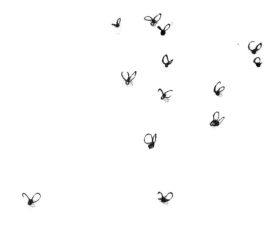

옮긴이 우혜림

원더걸스 멤버로 가장 잘 알려져 있다. 한국외국어대학교 국제회의 통·번역커뮤니케이션학과(EICC)를 졸업했다. 소소한 것을 소중히 여기는 사람, 화분 하나로 행복하고 싶은 사람, 말 한마디의 힘을 믿는 사람, 극 F인 사람, 유리처럼 연약하지만 화초처럼 사막에서도 살아남는 사람이다. 음악을 사랑하는 만큼 글도 아낀다. 현재 방송하면서 번역가로 활동하고 있다. 디즈니를 좋아한다. 두 살 아기가 있다. 아기가 크면 함께 디즈니 영화를 보면서 대화를 나누는 꿈을 꾼다. 옮긴 책으로는 『나는 여전히 사람들의 마음은 선하다고 믿는다』 그리고 저서로 에세이 『여전히 헤엄치는 중이지만』이 있다.

곰돌이 푸, 단순한 행복

1판 1쇄 발행 2024년 2월 14일
1판 2쇄 발행 2024년 4월 4일

지은이 캐서린 햄카
그린이 마이크 월
옮긴이 우혜림

발행인 양원석 **디자인** 남미현
영업마케팅 양정길, 윤송, 김지현, 정다은, 박윤하, 한유진

펴낸 곳 ㈜알에이치코리아
주소 서울시 금천구 가산디지털2로 53, 20층 (가산동, 한라시그마밸리)
편집문의 02-6443-8855   **도서문의** 02-6443-8800
홈페이지 http://rhk.co.kr
등록 2004년 1월 15일 제2-3726호

ISBN 978-89-255-7544-5 (03800)

N

캥거와 루의 집

아울의 집

비 내리는 곳

다리

이요르의 집